U0054795

故事故事

COUSCOUS

尹玲 著

〔總序〕

跨世紀與跨領域的詩學詩藝
——台灣詩學季刊社二十周年慶

蕭　蕭

「台灣詩學季刊雜誌社」創辦於一九九二年，當初參與創辦的八位詩人（尹玲、白靈、向明、李瑞騰、渡也、游喚、蘇紹連、蕭蕭）具有足以聚焦的共識，一是爲台灣新詩的創作與發達，貢獻心力，二是爲建立台灣觀點的詩學體系，累積學力。因此，「挖深織廣，詩寫台灣經驗；剖情析采，論說現代詩學」成爲「台灣詩學季刊雜誌社」目標顯著的文字「logo」。誠如長期擔任社長職位的李瑞騰（一九五二－）在〈與時潮相呼應——台灣詩學季刊社十五周年慶〉所說：「我們站在上世紀九〇年代，面對台灣現代新詩的處境與發展，存有憂心；對於文學的歷史解釋，頗爲焦慮。我們選擇組社辦刊，通過媒體編輯及學術動員，在現代新詩領域強力發聲，護衛詩與台灣的尊嚴。」這是對詩藝的執著，對台灣新詩史、新詩學的歷史承擔。《台灣詩學》的歷史使命如此昭然若揭，從此展開跨越世紀的不懈奮鬥旅程。

一九九二至二〇〇一的前十年，《台灣詩學》經歷向明（董平，一九二八－）、李瑞騰兩位社長，白靈（莊祖煌，一九五一－）、蕭蕭（蕭水順，一九四七－）兩位主編，以季刊方式發行四十期二十五開本詩雜誌，評論與創作同步催生，在眾多偏向詩作發表的詩刊中獨樹一幟，對於增厚新詩學術地位，推高現代詩學層次，顯現耀眼成績。

二〇〇三年五月改變編輯路向，易名爲《台灣詩學學刊》，邁向純正學術論文刊物之路，每篇論文經過匿名審查，通過後始得刊登，是一份理論與實踐並重、歷史與現實兼顧的二十開本整合型詩學專刊（半年一期），也是台灣地區最早成爲THCI期刊審核通過的詩雜誌，首任學刊主編鄭慧如（一九六五－）負責前五年十期編務，設計專題，率先引領風騷，達陣成功。繼任主編爲詩人唐捐（劉正忠，一九六八－），賡續理想，擴大諮商對象，將詩學學刊提升爲華文世界備受矚目的詩學評論專刊。

二〇〇三年六月十一日「台灣詩學」同仁蘇紹連（一九四九－）以個人力量闢設「台灣詩學・吹鼓吹詩論壇」網站（http://www.taiwanpoetry.com/phpbb3/），原先在網頁上到處尋訪知音的新詩寫作者，彷彿遇到了巨大的磁石，紛紛自動集結在蘇紹連四周，「吹鼓吹詩論壇」網站儼然成爲台灣地區最大的現代詩交流平台，以二〇一二年五月而言，網站上的版面除〔台灣詩學總壇〕、〔詩學論述發表區〕之外，可供網友發表詩創作的區塊，以類型分就有散文詩、圖象詩、隱題詩、新聞詩、小說詩、無意象詩、台語詩、童詩、國民詩等，以主題分則有政治詩、社會詩、地方詩、旅遊詩、女性詩、男子漢詩、同志詩、性詩、預言詩、史詩、原住民詩、惡童詩、人物詩、情詩、贈答詩、詠物詩、親情詩、勵志詩等，另有跨領域詩作：影像圖文、數位詩、應用詩、朗誦詩、歌詞·曲等等，不可或缺的意見交誼廳、詩壇訊息、民意調查、詩人寫眞館、訪客自由寫、個人專欄諸項，項項俱全，文章總數已達十二萬篇以上，網頁通路所應擁有的功能無不具足，新詩創作、評論與教學所應含括的範疇與內容，無不齊備。二〇〇五年九月紙本《吹鼓吹詩論壇》在蘇紹連主導下隆重出版，這是將半年來網路論壇上所發表的詩作，披沙揀金，選出傑異作品刊登於《吹鼓吹詩論壇》雜誌上，台灣網路詩作不僅可以快速在網路上流傳，還可以以紙本的面貌與傳統性質的現代詩刊一較短長，網界盛事，也是詩壇新聞，「台灣詩學」因而成爲臺灣新詩史上同時發行嚴正高規格的「學刊」與充滿青春活力「吹鼓吹」的雙刊同仁集團。前任社長李瑞騰所期許的「台灣現代新詩具體而微的百科全書」，「吹鼓吹詩論壇」網站與紙本的刊行，應已達成。

二〇一二年，「台灣詩學季刊雜誌社」創社二十週年，檢視這二十年的足跡，我們不改最早創刊的初衷，不負

「台灣」、「詩學」的遠大理想，一直站在台灣土地的現實上向詩瞭望，跨世紀、跨領域增強詩學、詩藝，將以十六冊書籍的出版，兩本詩刊《台灣詩學學刊》、《吹鼓吹詩論壇》的持續發行，展現我們的決志與毅力，繼續向詩、向未來瞭望與邁進。

台灣詩學同仁在創作與評論上分頭努力，因此在二十週年社慶時我們出版六冊詩集、兩冊論集（均由秀威資訊公司出版），詩集是向明的《低調之歌》、尹玲的《故事故事》、蕭蕭的《雲水依依——蕭蕭茶詩集》、蘇紹連的《少年詩人夢》、白靈的《詩二十首及其檔案》、蕓朵的《玫瑰的國度》，含括了年紀最長的向明，寫詩資歷最淺、由評論界跨足創作領域的蕓朵（李翠瑛）；中生代的四位詩人各有特色，尹玲配合照片說故事，蕭蕭配以小學生的繪圖專力寫作茶詩，蘇紹連則解剖自己，以詩話的舒緩語氣說他的少年詩人夢，白靈不改科學家與新詩教育家精神，以自己寫詩歷程的各階檔案，如實印製，期能對寫詩晚輩有所啓發。論集是新世代評論家林于弘（方群）的《熠熠群星：臺灣當代詩人論》、解昆樺的《臺灣現代詩典律與知識地層的建構推移：以創世紀與笠詩社爲觀察核心》，對於詩人、詩社的發展，全面關注，深刻觀察。

此外，跨領域的合作，還包括與海內外學界合作出版《閱讀白靈》（秀威）、《網路世紀．故里情懷》（萬卷樓）學術研討會論文集，編輯海內外第一本網路世代詩人選

《世紀吹鼓吹》、海內外第一本《台灣生態詩》（爾雅），跨領域也跨海域。這種跨領域也跨海域的工作範疇，當然也呈現在二○○九年開始，蘇紹連以個人力量訂立方案、獲得「秀威資訊科技有限公司」贊襄的「台灣詩學吹鼓吹詩人叢書」，目前已出版十九冊，最新的四冊是櫺曦的《自體感官》，古塵的《屬於遺忘》，王羅蜜多的《問路——用一首詩》，肖水的《中文課》，其中肖水（簡體字）即爲上海年輕詩人。

二十年來，「台灣詩學季刊雜誌社」以「台灣」、「詩學」爲主體、爲基地，但不以「台灣」、「詩學」爲拘限，不以「台灣」、「詩學」爲滿足，下一個二十年，全新的華文新詩界，台灣詩學將會聯合所有愛詩的朋友，貢獻出跨領域、跨海域的詩學與詩藝，一起發光且發亮。

二○一二年八月寫於明道大學

水似故事

尹　玲

昨日、今日、明日。去年、今年、明年。上世紀、本世紀、下世紀。你周圍、你眼前、你頭上、你腳下。多少人、多少景、多少物、多少事。戰火爲你紋身，和平要你等待。愛情、親情、友情；激烈、溫馨、雋永；糾紛、成功、失敗。

《故事故事》就是如江似水，永不停息，在你每日生活、所處環境、異地流浪、孤寂旅途中出現、激盪，讓你欣喜、教你哀傷；曾是那時當下的難忘，隨後沁入記憶成爲永駐，一個故事之後的又一個故事。

輯一說的故事與飲食有關，大部分以食物本身的文化及其特色、或與你曾置身其間的場域爲主；例如〈故事故事〉就是阿拉伯菜couscous音、義的音譯。除菜餚、食材、色彩、滋味、做法以外，呈現的還有自幼與你不時一起流浪的女兒，在多少異鄉城鎮，尋覓當地種種可口食物的心境。畫面停格、心情漾動，異國風情總以半歡樂、半落寞，既浪漫又哀愁的混合融入你們母女的生命中。

〈完全發酵〉訴說你與普洱自小至今的相識相知：喝普洱已經不只是喝茶，而是向童年、少年、中年、家庭、雙親和兄弟姊妹、友人共同度過的美好歲月之敬禮和回味。而父親做的各式客家菜、潮州菜、廣東菜，母親做的越南菜、釀的酒和椰子醋，過年時全換上法國Limoges產的精緻瓷器餐具、水晶杯，一株高大的鵝黃色梅花典雅綻放、清香滿室，漾滿你腦中心底。

有幾首以法文爲篇名，是標誌著不同民族的不同文化、不同思考，例如本是苦苣的Endive，華人的中文偏要叫「甘苣」、「天香菜」或「吉康菜」，去苦取甘、吉祥美麗；色香味音均嬌嫩欲滴的Framboise，中文叫「覆盆子」，在發音上較聽不出那份鮮嫩誘惑，兩種不同發音之間的差異教人驚訝；Tilleul的柔音及其芬芳安神在「椴樹花」中較難想像，台北有些咖啡館管它叫「菩提葉」，也不知是否無錯。至於Pistache，原本貌美勝花、嬌美無比，桃紅色外衣裹著嫩綠清脆果實，但中文偏喊成「開心果」，是已烘烤過面目全非的零嘴，音與義似乎有段距離。「Bún ta」兩個越南文字所包含之鄉情、感情、親情及其深意，無法以中文替代。〈朗讀〉紀念彭邦楨先生。〈彷彿雲煙〉是在彷彿的流光裡深深的感慨與追憶。〈分子料理〉和〈分子廚藝〉寫於「分子料理」最火紅的解構與重構；〈當乾肝如願潤圓〉則是廣東飲食文化中粵語堅持的意義特色。而〈酒〉正是愛情某種氛圍下的絕美詮釋。

輯二前幾首書寫與女兒一起漂泊的部分畫面：中秋月色、豎笛和歌聲揚起於異鄉，思鄉的心境總永遠晃漾，即使秋夜、即使元宵。有些是離鄉前後童年至今、繁複時間隧道裡的前進或恍惚。另幾首則是描繪不同花種在不同時空的特別意涵。

輯三是東西南北飄蕩足跡較深的部分留影。你自幼喜歡單獨到處去，喜怒哀樂唯有自己體會，寂寞與無奈似乎總是最終結局。

輯四裡阿拉伯春天茉莉花革命之變色與傷亡，早就遠遠超出受傷的心所能負荷的重量。你曾於1985年從伊斯坦堡歐洲那岸，搭乘當地的客運，花了三十四個小時的路程，才抵達敘利亞的ALEP城，醉於整個敘利亞之歷史古蹟之中，尤其Palmyre沙漠的茫茫裡。2001年，七月底，你攜帶九歲的女兒，歷經困難，再次欣賞闊別十六年的敘利亞文化，女兒和你一樣，在42°C的夏日裡，與母親體驗另一種風情。然而，2011～2012一年多的日子裡，整個敘利亞只有烽煙、炸彈、槍砲、死亡和破滅摧毀，那年在土耳其敘利亞邊界耗去幾小時等待入境的地方，已駐滿身心空蕩無依的難民；你從十字軍東征城堡頂上指給女兒看，八公里外就是黎巴嫩的貝魯特，如今也因難民的湧至發生種種衝突狀況。2012年夏日，你在巴黎近一個半月，天天盯著電視、天天搭21路與27路公車，在Feuillantines站，凝視對面「大馬士革玫瑰」餐廳，尋找變色之後的各種可能。十月前後，ALEP已淪爲死城。全球多少地區永遠都正在上演那無法抹滅的、如同越戰的夢魘，在漫長的數十年歲月裡都如昨日一樣，以這般那般魔鬼樣貌與名字，凌遲你。

1966年於西貢完成的作品，就可以看出「死亡」在你年輕時即已開始糾纏不清。貓王和麥可傑克森在不同年代賦予你的印象和影響，以及政治人物非常可笑的種種話語與言詞。

輯五正是1997年至今在此處在他處經歷過的大大小小故事：快樂的、感傷的、永遠深陷其中的困境和糾葛、有意象與無意象的時空。詩作、時局和環境不停地在關鍵時刻呈湧關鍵情、事、物，你試著以短短的幾行表達長長的意涵。

歡笑與眼淚、出生與死亡、戰爭與和平、美食與飢餓、獲得與消失、結構與解構、虛有與實無，都會從尚未發生、等待發生、正在發生、已經發生、結束發生……那樣子一直從當下駐入記憶，成爲每個人心中、腦裡、嘴上、筆下，如水永不止息的故事。

故事若約，水似故事。

台北，2012年10月

目　次

輯二　夜間飛行

輯三　飄忽瞬間

輯四　也只不過

輯五　月亮請咬

短詩五首

人體詩五首

輯一

故事故事

故事故事

你我之間多少溫馨時光就是在
賞析品嘗「故事故事」的雋永當中
滴滴點點輕輕緩緩絲絲逸去

米色小米伴鷹嘴豆的潤度總是恰到好處
一如你我的感情天生又甘純又蜜酥
葡萄乾幾粒增添甜美生色悅目
在未淋上蔬菜烹煮的燴湯之初

青紅甜椒、胡白蘿蔔、綠節瓜、玉香芹
慢火燜煮時間不能太長但也不可太短
稠稀濃淡各類結合定要拿捏準確
關鍵調味粉須於關鍵分秒撒入

不辛辣椒少許會讓湯味更為鮮美

羊排牛肉雞腿當然你我都愛

不能少的還有微辣的北非肉香腸

配上熱紅湯汁後小米亮滑潤澤

別加過多但亦不宜過少

切勿浸泡過久以免黏糊失去原來風采

沾些些哈瑞莎醬風味更顯鮮活

我們一匙米一塊肉一啖菜一口酒

讓摩洛哥情調讓阿爾及利亞風情

將郁香滋味深深融入你我

「故事故事」就在你我柔和言笑之間

輕盈細膩地漸漸沁透我們

最終凝成心頭的最濃記憶

繫著你的童年我的中年無數漂泊羈旅

在巴黎在布拉格在塞維亞在大馬士革

然任何一鄉最後卻只是你我回不去的一個他處

後記：COUSCOUS是阿拉伯語，為北非一種用粗麥粉研成小米，配上牛、羊、雞肉或串烤、或燜煮，再加入蔬菜湯與佐料等做成的食物。本詩以「故事故事」為名包含音、義的音譯，呈現菜餚食材、色彩、做法及其特殊滋味，同時描繪母女倆經常流浪他鄉品嘗COUSCOUS及各類美食時繁複心境的「故事」。

自由副刊　2009.11.18

完全發酵
——側寫普洱

還需在乎嗎？

如醇酒　如友誼
陳年再加陳年的倍數
　　　當你早已歷遍
　　　碧螺春青綠或龍井那般
　　　　　　鮮活的童年
　　　清新刺激像新製清茶的年少輕狂
　　　曾擁有甘醇韻致凍頂一樣的青年
　　　和鐵觀音似的壯年強勁持重
　　　登上巔峰時　外型色澤皆美
　　　　溫潤優雅一如白毫烏龍

如今

任何內發或外加的冰火

於你只是不同風貌的注解準備

冷飲固然可口

熱飲更見風情

純飲要的是原味

調味就是另一風味的展現

還需在乎什麼呢？

你啊

能將最膩的油脂瞬間收服消融

正如生命中最勁的浪濤

在你海似的深邃裡

　　一一化作溫馴的波紋
於是人間多少混濁
伴同半生幽幽心事
都隨已逝年華　　沒在
濃釃釃　　　　　褐不見底的
茶湯中
完全
　　隱去

台灣詩學季刊20期　1997.9

ENDIVE

你是無法在短促的時間內體會的

我無需艷色的外衣
　無需脂粉或眉筆口紅
　無需來自任何一方的調味
　無需半點減料或加工

我就是我
童稚時　青春期　或　初秋階段
總是玉白身軀配以淺淺鵝黃髮絲
總是如此緊密充實
輕輕一口即是柔爽嫩脆
潤透的滋味並不單留舌喉之間

不能言傳的芳香依存在每一小小縫隙

甜蜜是從你眼中有我開始
透由你款款的選定手勢
優雅地滑進你期待的嘴
所有的愛就在你若有似無的咀嚼
一啖一啖傳送
不，不，並不爲了塡胃
而是直接飛翔入你心底
以作超越世紀的永恆依偎

只願遇一知音細細品嘗
不屑滿桌醜陋的囫圇呑相

任你喊我苦苣　甘苣

或依你國家文化習慣

稱我天香菜或吉康菜

我仍是我

　　永遠是本來的我

絕不因何方外力影響

改變原始的最初

氣質

——寫於2001台北

中時副刊　2001.1.19

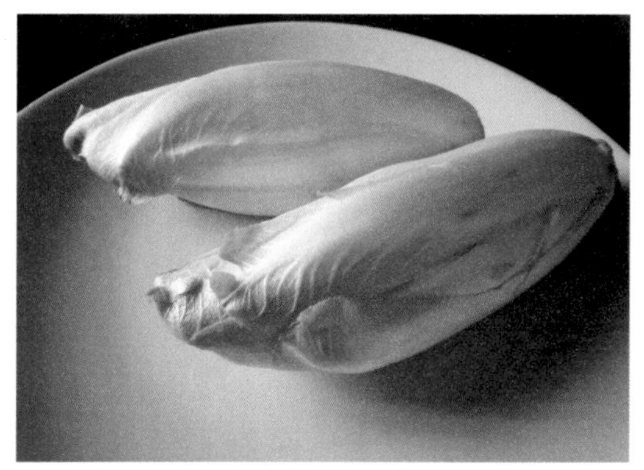

FRAMBOISE

我的確與眾多其他水果
完全不同

你沒見過？
也從沒聽說過？
呵呵
你注意的　　只是嗓子粗些的
　　　　　　　聲音吵雜的
　　　　　　或是愛滾嗜現的
　　　　　　　裝飾打扮的
它們不時往臉上刷抹某種顏色
企圖掩蓋貧瘠的本質

不屑藉助不眞的外力

我只願展示絕對天然的自我

這一身他人難以仿造的色彩

不是鮮紅　　　不是艷紅

不是葡萄酒紅　也不是豬肝紅

而是自然又自在的Framboise紅

配上欲滴的嬌嫩神韻

在夏日泛薰衣草香的蔚藍海岸

圓潤的我芬芳更顯優美悠揚

一口即讓近我的人難忘

豐富的內在　　滋味的多元

我的自身本已包含各層不同的點線

從中心至邊緣

從邊緣回中心

在許多各異的時空游蕩翱翔

因此它們當然可以掛滿標籤

急急尋找自稱王自稱后的地盤

我不需任何自貼的

塗金或鍍銀的痕跡

眞的　　我就是眞實的我

呈現最誠正的本來容顏

你可以喊我覆盆子

但請記住

我是不易模仿的Framboise

無論是色、香、味

以及內涵

——2001年寫於台北

自由副刊　2001

TILLEUL

我就是這樣高高的喬木
二十五至三十公尺的帥拔俊俏
結實的樹幹是我自幼用心建立的基礎
茂密的枝葉是我多年辛勤奮鬥的成果
我每年固定綻放的花朵
錦亮白雲般燦耀枝頭
清幽芳香常令路人佇足
墜入抒解世間煩惱的忘憂

多少怡人的公園裡
無數繁靡的大道上
我如蓋的濃蔭
　　　爲人們遮擋過驕的陽光

我如畫的身影

　　　為大家細繪舒心的靜坊

晴空下悅目的伸展豐姿

　　　是我天生的自然神韻

風雨中堅毅的抗御決心

　　　則是養成的自我尊嚴

而我若蝶的白花

在微風中旋揚裙裾

待得眞正成熟時

輕柔飄進你精緻的瓷杯

乾純的瓣兒只等你深情的眸

　　　　　與沸騰的淨水齊齊注入

即於瞬間化爲絕美的芬郁

盎然在你久候的唇舌之間

讓躁鬱的你神魂安定

遨翔於你我詩意的午後

或者與你完全融合

漾漾在夜深醉人的似幻夢鄉

——寫椴樹及椴樹花

自由副刊　2001.5.29

PISTACHE

喊我「開心果」

是因你經常鬱卒悶煩

非將我虐待成不黑不灰不白

以特強特熱之火烘烤

令我胸膛迸裂

心臟裸露世人目光之下

才是你開心痛快之源？

我原本天生嬌柔

一襲桃紅外衣輕披

心房圓潤嫩綠可口

色澤悅目如同我的終生伴侶

蔚藍地中海那樣永恆清碧

即使僅能存活一句

也請讓我保持自然風貌

無需調飾任何人工手術

「開心果」此名還你

若想喚我

記住應喊我阿月渾子果實

或猶如地中海水常存樂音

聲韻悅耳清脆易記的

PISTACHE

自由副刊　2009.2.10

BÚN TA

在河內一直不晴不陰不陽不雨的天空下

你我之間曾有的所謂知遇知音知心知己

也只不過將永遠如這家餐廳名字的另種詮釋

BÚN是非米粉非冬粉非河粉非麵粉

非花粉非脂粉

糾纏難解的絲絲白線

而TA在此亦僅是你我之間唯我二人

非家國非鄉里非親族非冑裔

非言語非思維

無法掙脫的困緊窘境

在河內無晴無陰無陽無雨的難喻天空下

乾坤詩刊47期　2008.7

朗讀

你坐在同一餐廳同一餐桌同一角落
稍爲裝潢過後比以前稍爲明亮的燈光底下
企圖在這已變的外表世界
覓回當日的滋味和喧嘩

拌菜心炒干絲紅燒肚襠各式煨麵
在半是半又不是的今日氛圍
你用心地以分秒移晃之間的縫隙裡
繪出那年追尋川揚記憶的彭爹影子

只是郁坊仍是郁坊
　　時光還是時光

歲月雕刻一生詩意的他

已在花叫的美聲國度朗讀永恆

《創世紀》第163期，2010年6月夏季號，頁181

彷彿雲煙

我們總愛在無影的時間裡
重尋舊時曾喜歡過的許多情物事
例如：在二十一世紀的某一天某一刻
在新址新貌的一家舊名餐廳
細覓它二十世紀時曾有的所謂風采

咀嚼眼前這道蔥燒鯛魚的同時
我們也在咀嚼經已消散的數十年歲月
端起絕非昔日米薯熬煮的滿碗地瓜稀飯
今日能夠細數的
可能只有
飄晃著那彷彿的流光裡
一絲半縷的彷彿雲煙

自由副刊　2010.6.20

酒

（一）

燭　粉色

燭光　金赤

韋瓦第　靛藍流蕩

剔透如液體紅寶玉

我的身軀　慵懶

漾在澄瑩如眸的

水晶杯

我的美體

經由你雙唇　開合

進入你

完全溶於你

是的

我就是瑪歌

我是拉杜爾

我是牧東－侯希德

我是柏翠絲

最好的年份

我是你愛的任何一種

葡萄酒

請讓我呼吸

呼吸到恰恰好時

請飲我

　飲

盡

　我

（二）

酒

要呼吸如

愛如

你我的

呼吸

它要

空氣

飲

我已習慣法式精緻美酒

盛在剔透的水晶杯裏

只需室溫

不加一絲冷冷冰塊

不用塑膠吸管

經由我柔輕的唇舌

通過深長管道

注入全部心神

親自細細品嚐

在月圓的蔚藍海岸

手風琴的飄樂聲中

和奏浪漫的浪潮

台灣詩學季刊26期　1999.3

分子料理

請細心挑起這一粒粒光豔剔透
魚子醬似的橙色鮭魚卵
入嘴後會立即轉化爲最眞實的
哈蜜瓜粉圓滋味

那一枚漾泛珍珠光澤的絲線圈戒指
請珍惜它絕美的珠寶華貴麗姿
切記要整個輕輕含入口中
是的，緩緩溶化的
正是最精純的上等橄欖油

一切全是主廚最科學最精準的設計結構
創造出難以想像和無法相信的絕色美食

每一道都在徹底挑戰您那傲人已久的

視覺嗅覺味覺觸覺判斷直覺種種的飲食功力

或許一如某天

令您神魂顛倒的俊男或美女

在欲仙欲死的纏綿過後

才驚覺緊擁懷內的

竟是半具不分性別的

上古骷髏

自由副刊2010.6.20

2012.5.27再修

分子廚藝

我們是結構主義解構主義重構主義的虔誠信徒
在科學知識先進儀器聰慧大腦靈巧雙手的操玩之下
您所熟悉的食物本質就能夠完完整整地自我顛覆
從最原始的結構被解構（一次或無數次）再重構
　　　　　　又再解構再重新結構直至令您
無法猜測無法理解無法看透的全新「本質」

例如一：
會喚醒您童年記憶的這一方潔淨純白「軟棉糖」
加上棉絮似的泡沫後
　　再磨灑些許喜馬拉雅山的粉紅岩鹽
深藏於此立方體軟棉糖「冰磚」內的
龍舌蘭酒和檸檬汁冰砂在粉紅鹽的萬般挑逗下

進入您喉間的　　其實是已被徹底解構再重構的

Margarita雞尾酒

例如二：

勾起您食欲的這顆美麗潤澤囊球

碧綠透明膠囊比粉圓更滑細可口

裹在內裡的　　可是您意料之外

百分之百的精純橄欖油

例如三：

能撩動您情慾的這一道奪目菜肴

直若熱情奔放的義大利糾纏Ravioli情侶

麥芽麥粉鹹奶油混搭成具口香糖咬感的

黑色惑人黏巴達

要黏又不太黏的欲拒還迎之間

鮮紅海膽就是您愛的絕代美人豐潤雙唇

嘟嘴銜著顛覆色彩美學的

誘人鮮綠檸檬皮屑

教您無法不盡快盡情一口咬下用力咀嚼用心體會

顫慄身心的是難以描繪的

異魅口感魔詭滋味之

解構重構情色本質

請勿責怪我們冰冷異酷毫無溫情

在美食達人充斥氾濫世間和網路的此刻

改變食物已有樣貌的精緻巧思設計

從探索科技再魔術表演似地

　　發掘天地間食材色香味觸的最大可能

形式內容完全合一恰如文學藝術之偶爾強調

處於廚藝的最新視野境域

我們正努力爲紅塵食物食材美食飲食文化

獻上最需要的存在主義哲理思考之

　　　　　　解構重構頂尖境界

吹鼓吹詩論壇11號　2010.9

當乾肝如願潤圓

豬膶是否會比豬肝不乾？

清潤我們已污脾胃？

濡潤我們已枯心肺？

豐潤我們已扁荷包？

光潤我們無澤靈肉？

當蝕舌轉爲活利

豬脷是否會比豬舌無蝕？

如蝕舌音遠去

各種麗利爭相湧現？

存入來生銀行永不滅息？

當苦揮手輕說再見

涼瓜美名取代苦瓜

清涼應當不只一夏

沁涼全身浴泡半生？

苦難亦會即將永別？

抑或悽涼蒼涼齊齊襲來？

當苦苣易名甘苣

或更勁者天香菜／吉康菜

苦味是否即時回甘？

嗅聞天賜芬芳香味

進食等待吉祥安康？

抑或只是輾轉終生

於自家文化飲食自樂？

在無盡苦海浮沉自得？

自由副刊　2009.6.24

註：豬膶、豬脷為粵語文字，即豬肝、豬舌。

非禪意的空虛

你要的是眞實的精緻

眞實的美感眞實的味道

眞實的觸覺眞實的嚼勁

眞實的一個巴黎盛宴

而他　　在數十年的

快速美學薰陶之下

只是

　　冷氣

　　廉價

　　速食

　　塑膠吸管

不必眞實

快速解決要求者

因此

你用上千法郎相待的

巴黎正宗法菜

在無感的舌頭上

終化爲並非禪意的

空虛

台灣詩學季刊28期　1999.9

輯二

夜間飛行

看那迷人月色

——多碧雅街2011年

（一）

正灑亮這整條巴黎的美麗街道

你我肩並肩走過的千回詩意

（二）

清晨時分米白小花總愛揮別樹梢

彷彿瑞雪輕盈綿密

空中飛舞飄逸

（三）

宛若初冬涼寒此2011年七月
巴黎花都既非家鄉亦非異鄉
離鄉的雨卻整月一直滴落
滴落離鄉的你我髮上心上
接受永遠是客的宿命歲月永恆流過

（四）

2011年八月你離我何止萬里
不陰不陽不雨不晴的不明氛圍下
徘徊多碧雅街的我孤單落寞
白天米白小花依然紛飛浪漫
夜晚月色卻若有似無難以捉摸

（五）

而今已進入2011年九月

晝般的秋夜你我並肩喜悅

看那迷人月色灑落迷人金光

縱使還是離鄉即使依舊思鄉

你仍堅持吹奏豎笛我仍歌唱

中秋夜裡明亮秋月照亮你我髮上心上

你的笛音我的歌聲正飄回萬里外的我們故鄉

自由副刊2012.5.2　2012.5.27再修

在這間你學校旁邊的BISTRO

每日你我相約於多碧雅街口

公車站的椅子上有我坐著等你

看著輕飄空中的米白小花

七月細雨宛如冬日紛飛的點點白雪

　　等你，是為了要和你共進早餐午餐

　　在這不是家鄉也不是異鄉的花都

　　我們緊抓住相聚的分分秒秒

　　在你進入校門上課之前

　　在你走出校門放學之後

　　在這間你學校旁邊的BISTRO

在這間你學校旁邊的BISTRO

最古老最典型最巴黎的BISTRO

老闆和服務生愛和每一客人閒聊

聊起故鄉時每人卻靜默無語

然後急急送上家常的法國早餐午餐

將思鄉送進美味的菜肴和喧鬧笑聲裡

　　思鄉的我思念許多個家鄉

　　出生成長住過待過讀書工作流浪飄泊

　　如今等你每日等你共進早餐午餐

　　讓離鄉的你我在相聚的分秒裡

　　也許會在恍惚中暫時忘記離鄉的宿命

在這間你學校旁邊的BISTRO

乾坤詩刊61期　2012.1

MATEURS DE PIPE
SERRA

如玉月色

如玉月色下是你我如玉的心情
我們從同一方向游去
自在如同沒有任何猶豫
將塵囂和富貴和貧窮和煩惱
全都留在那遠遠遠遠的腳下

十二歲之後的你曾嘗試不同路向
以不同態度作不同反應
有時無言沈默有時憤怒抗拒
在陌生孤單的成長路途上前進摸索
遇到挫折不知所措時
你寧可放逐自己
至更遙遠的寂寞國度
不願接受任何半句話語

而今夜　　是否今夜月色如玉
既挑起我長久期待的愉悅心情
也讓你的如石心境轉化如玉
在這清澈碧透的麗水中
　　無人的靜謐裡
你我傾聽我們互訴的無言心聲

在雙手雙腿齊齊滑動的音韻當中
我們往同一方向游去
清澈無暇如玉月色映入池心
照醒我們多久以來忘記留意的
細緻微情

創世紀157期　2008.12

秘密

——瑋瑋的話

媽媽

這些花都在唱歌

你聽　　你聽

康乃馨哼著搖籃曲

玫瑰歌頌粉紅人生

跳舞蘭載歌載舞

　　醉在華爾滋的旋律中

唱思鄉吟的是枝枝

　　離鄉的鬱金香

百合的嘴張得最圓

　　歌聲最動人

還有這白白的牆壁

　　這光光的玻璃

它們都在和著

用它們易感的心

而你們

嗅聞香香茶葉的詩人

有沒有聽到

爐上的水也在開心的唱

讓茶在它懷裡

一葉一葉舒暢地

訴說心底深處

隱藏多年的

久遠

秘密

台灣詩學季刊20期　1997.9

握

（一）

啊女兒！要握緊的
不是只有你眼前這抹艷夏
那繽紛只存一季
而是花瓣上的清奇紋理
和葉片中的獨有顏色
——耐得住時間細細研磨

（二）

才說著呢　日子就已過了一半
孩子別急　我並不要你急急趕路

陽光之下一如在濃夜裡

要愛你身邊各類小草，爬著的螞蟻

不同膚色的人，呼吸的空氣

圓圓的月或許偶爾彎缺

還有星星

看得見和看不見的，可都一樣美麗

（三）

初秋也許已讓你感到蕭瑟

深冬會否更顯嚴寒酷極？

女兒別怕　要記著　任何

任何狀況中的每一步

都須認眞踏穩　從容向前

微笑　感恩　歡喜

就像復甦在百態繁花春風拂逗的盎然詩意

或似沐浴於千變雲霞撩人黃昏的夏夕之謎

自由副刊　2012.2.5

零下九度

月亮似乎比故鄉的圓
月色似乎比故鄉的亮

我們尋找元宵節的影子
卻只見我們月下的影子
正向故鄉的方向
緩緩移去

零下九度的異鄉
無燈無語

乾坤詩刊62期　2012.4

夜間飛行

就是要留起這一種語言

獨特專用

給你

和你說

一輩子不許旁聽的

私密

思維如夜行蝴蝶

愛在夜間飛行

追隨

線的另一頭的

你

西貢　北京　巴黎

台灣詩學季刊20期　1997.9

雞蛋花

飄散入整個童年的那抹清淡香氣
源自環擁五瓣乳白花顏的蛋黃花心
午後閑閑晃落法式別墅的巧雅庭院

總是法蘭西建築混搭中國文化味道
再配上南越中越北越的腔調語言
構築起別處難覓的混搭風情獨特多元

•

母親以纖細指尖挑起一朵貌似別離的花
愛憐簪入你烏黑的長長青春鬢髮
清香隨你飛越又山又河又江又海
縫綴你離鄉愁情的帶淚雙頰

•

婆婆的庭院也植有一株璀璨著雞蛋花的樹

花落滿地時你悄悄拾起最具鄉味的幾朵

置於髮鬢藏入懷中深埋心底

讓童年和少女的香味眠入永恆的記憶

•

峇里島最奢華飯店眞假難分的奢華泳池

池邊一株株綻滿雞蛋花的樹俯視沉浮水中的你

一朵朵開至最盛的絕色豐姿

夕陽彩暉下不斷飄落你髮間身上心中眼底

教你恍惚之間迷失於繁複的時間隧道

理不出自己到底正身處童年少年中年老年

哪一瞬時刻的隱密縫隙裡

自由副刊　2010.8.17

如河蜿蜒

（一）

你的出生　你的哭泣
你的童年　你的少女
你的歡笑　你的記憶
全輕灑入柔美有若
母親眼眸母親淺笑
母親哀怨母親悲悽
彷彿沒有　實際洶湧
宛如平靜　卻又起伏
波波漣漪似的浪濤心底

如此一帶若柔實蠻的河水流動裡

不時泛映父親追憶的故鄉影子

十里洋場的上海黃浦江

龍井飄香的杭州西湖畔

黃河雄渾和揚子江壯麗

海峽洶險香江尷尬塞納淒迷

一頁又一頁的懷鄉筆記

一葉又一葉的秋去冬來

一夜又一夜的清醒無眠

幽咽永遠尋找不到的歸期

對你，　她叫湄公河　南越　美拖

那不可能更換的三角洲

生產粘米生產蓮霧

生產番石榴生產雞蛋花

生產樹上椰子和水裡椰子

生產你無法消除的硝煙

生產你無能放棄的夢魘

生產你終生背負的使命

生產你半生笑淚的纏綿

不許你叛誓不許你背棄

不許你遺忘不許你逃離

（二）

你還是試著斬斷既柔又韌的婉約

　　　試著游向北方

　　　洶險中的那片宛若豐盈

　　　豐盈卻尚未確定

　　　確定卻尚未平靜

　　　平靜卻尚未穩定

　　　那若隱若現

　　　　若有似無的一彎未知

　　　你試著躍入其中

　　　　試著探測深淺

　　　　　　尋覓罕見的種種珍奇

難以預見的動盪裡

你決定堅忍挺立

　挺立在寒風刺骨的黑夜

　分秒不漏地用心採擷

　等待拂曉及拂曉後

　呈現的特殊明珠

　　　蜿蜒眼前的淡水河終於明澈

　　　閃爍其間的片片波光裡

　　　你看見　依稀看見湄公河柔弱下的堅忍

　　　　　　　也泛漾塞納河多情多元的迷宮誘人

（三）

告別湄河辭別淡水

你奮力游往更遙遠的西方

游入你少女時期的心靈之鄉

晃漾於璀璨多樣的各式寶藏

在左岸在右岸在流水在小島

在內在外在上在下在前在後

在理論在實踐在文化在飲食

在休閒在苦讀在享受在煎熬

你從塞納河頭游至河尾

縱入更深邃的大海

嘗試不同四季明顯如斯之寒暖溫熱
蒐尋探索米其林之內之外及
宇宙間形色亮度等級各異的星星
海底一如空中

你也游向眾多其他河心
每一河流總是纏綿如此
將她的最美最濃特留與你
你漫步其間凝目其情
攜你女兒小小的手邁著小小步伐
在一座一座不同的橋上橋下
你們細語向多采多姿的彎彎流水
再聽河水流向他方時的輕聲暫別

在日內瓦一如在海德堡

在布拉格一如在威尼斯

（四）

還有無數的河正在近處遠處癡癡等待

等待你漂泊或不的心或腳步

從此河蜿蜒至彼河

從東方纏綿至西方

游入永遠新奇待覓的純美文化心靈故鄉

是啊　如河蜿蜒

　　　纏綿如河

《吹鼓吹詩論壇》10號，2010年3月，頁10-12

如何攝影
——問小嶼

你刻意誘惑我
黑夜裏以比白天更挑逗的魅力
　　比蜂蜜濃比紅糖甜
讓我輾轉成一夜的無法入眠

曙光中你以最迷我的擁抱環扣我
動人的笑貌加上情深的凝眸
二十四小時裏你的千姿百態
　　　　早已不停地烙印我心頭

但你的聲音
夜以繼日最迷惑我最讓我不能自己的聲音
是否願意教我

除心與觸之外

如何能夠攝住你聲音萬種風情

全部的

影

於鼓浪嶼

自由副刊　2008年5月14日

在我們摯愛的海面

那是前世的我們

在這片我們深愛的海面

旭日初升時撒網捕魚

夕陽西下時閒閒聊著

聊著今世的我們

聊著來生的我們

你說每一生的我們都要如此

在我們摯愛的海面

溫飽之餘

就是如此閒閒地

泛著小舟

閒閒地聊著

你與我

天與海

詩與愛

於鼓浪嶼

乾坤詩刊第45期　2008.1

繡球花

同爲他鄉流落異域者

你我的原籍我已無意追探

令我驚訝的倒是

在BRETAGNE遇到的你

永遠色彩繽紛花容燦爛

雪白　淺米　鵝黃　淡黃　深黃

淺紅　粉紅　桃紅　橘紅　深紅

淺紫　粉紫　藍紫　靛紫　深紫

米蘭　淡藍　天藍　湛藍　蔚藍　深藍

甚至是我叫不出名字的各款璀璨

雙拼　三拼　四拼　五拼　六拼

正以最大最深的生命力恣意叢叢簇簇

瀟灑綻放在全省的任何寬廣正直或迂迴曲彎

而在NORMANDIE長成的你
似乎鬱鬱才是你汲取的養分
無論陰天晴日冬夏秋春
歡顏愉悅總是如此難以摘攀

是否你命如我
不同場域勾起回憶
決定你我表情心境的不同涵義？

乾坤詩刊56期　2010.10

向日葵

向著你

自我有生命開始

自我有第一口氣起

　　向著你

　　無論何年何月何日

　　無論何時何分何秒

　　無論何國何土何鄉

　　無論

　　　　你望我或

　　　　不望我

向著你

終我一生

向著你

直至我的最後呼吸

自Toulouse的向日葵世界歸來

乾坤詩刊55期　2010.7

兩端

微風裡依偎潭岸的斜斜水柱
正與夕陽恣意噴灑奔放的最新勁舞

吊橋的那一端
當年曾晃漾你我相纏的青春

吊橋的這一端
今日卻徘徊悽寂伶仃的悵惘

潭水仍若那時優雅翠碧
漾舟邈然出世瀟灑如昔

幻化不在的是早已隨著

二十世紀遠逝的四十年歲月

以及你我之間煎熬了四十年歲月

珍藏心底深邃記憶的綿綿層疊

然而　眼前日落水面正飄蕩的

只有二十一世紀當下時空的此刻吟唱

——寫於碧潭吊橋，2010年6月

印刻文學生活誌　2010.6

在紫羅蘭與蝴蝶花之外

紫色剔透在那年夢幻的春天清晨

探戈舞姿的蝴蝶校園內恣意迴旋

你從那端走來　用你十六歲的腳步

看著我　用你十六歲的眼睛

輕輕說　用你十六歲的聲音

請留下這朵你我此生和來世的PENSÉE

PENSÉE從此存在於我十五歲的LAROUSSE字典內

存在於字典內燦爛著PENSÉE的那一頁

繽紛著愛慕凝眸專注青春深情

和永不凋謝的永生思念PENSÉE

就讓紫羅蘭與蝴蝶花綻放飛舞

你我記憶的永恆世界裡

PENSÉE才是最恰當最誠摯的

眞正原始名字　　絕對不朽

在紫羅蘭與蝴蝶花之外

無論此生　無論來世

無論此地　無論何處

註：PENSÉE花，有人稱為堇、紫羅蘭或蝴蝶花，唯有PENSÉE一字具相思意

輯三

飄忽瞬間

BARCAROLLE

就輕輕搖你的槳吧

我的威尼斯輕舟舟人

再為我唱一首barcarolle

於這河面輕漾月色的詩情夜晚

　　你將會記住或偶爾想起

　　若干年後當你老老老老時？

想起月光浴著正璀璨的青春你我

你專為我響起的深情barcarolle

飄蕩在威尼斯的輕滑水面悠揚

隨著輕柔水聲直至我倆歲月深處

乾坤詩刊58期　2011.4

威尼斯　不是　威尼斯

Gondola在依舊輕蕩浪漫的幽幽運河上

那船夫依舊輕唱挑逗的義大利情歌

那月亮依舊輕灑如眞似假的銀光於夢幻河面

那樂隊依舊輕漾悠揚流晃的柔情於聖馬可廣場

然而你的影子　你的

影子早已逝入那年的夏日纏綿

猶如絕不東迴的昨日流水西去

沒有你

威尼斯　不是

威　尼　斯

聯副　2009.12.7

2012.5.27再修

威尼斯從夢幻轉向憂鬱

夢幻的威尼斯也開始憂鬱

　　運河就那麼樣咽咽流泣

　　再也笑不出原本爽朗的音域

聖馬可廣場上那群鴿子

就只輕輕地叮叮麵包屑

再也不願展翅飛起

　　嘆息橋一再嘆息：

　　愛情也如世間一切

　　總會從天堂墜入地獄

威尼斯從夢幻轉向憂鬱

只因你我已不再是那年愛侶

此後只剩追憶

乾坤詩刊60期　2011.10

自你專有的唯一花都

遵守去年互許的諾言

我在此等你

豔紅墨黑的深邃天地裡

你緩緩向我走來

俊挺如昔凝視我自又近又遠的花都

那兒　在你獨特出眾的王國

去年　華麗幻夢的Rivoli殿堂上

你也如此緩緩向我走來

也如此俊挺如此凝視我

自另一又遠又近的花樣花都

遵守我們互許的諾言　擁我你說
不是只有去年不是只有今年　而是
在還有呼吸的任何瞬間都是當下
都有俊挺的你正在緩緩向我走來
都有深情的你正在凝視我
自你專有的唯一花都

自由副刊　2011.11.15

在今天／明天未定的界線之上

你不知道該站在界線的這邊或那邊

　不知道該右腳先踏出抑或左腳

　不知道該先瞄一下前面還是後面

　不知道該先仰視天空或俯看地上

你不知道界線的眞實定義是什麼

　不知道又是誰爲你畫下這界線

　不知道界線畫的是今天／明天命運？

　不知道其實宿命早在界線被畫之前？

你一直都只有不知道和不知道

　一直都只有不斷猶豫

在今天／明天未定的界線之上

創世紀157期　2008.1

飄忽瞬間

——尋詩

一直在尋找你

於各類各異的時空流浪

歲月匆匆逝去

場景一再更換

我依舊不斷尋找你

但你總愛朦朧縹緲

在，比如說，某人眼神中

某冊書頁內

那片花瓣上

這滴露珠裡

或，只是晃蕩在半空的雲朵間

如此縹緲朦朧

讓我無法與你相擁

直至此時

唯有此處

在呼吸的每一絲空氣飄忽瞬間

我終於看到你　清楚地看到你

鮮活的你　眞正的你　生動的你

璀璨在一顆跳躍的心中

明亮在一雙專注的眸裡

寫於青海

自由副刊　2009.9.29

走在2009的堤岸西貢街道

（一）堤岸

你對自己說
是啊！豔陽依舊是1965的豔陽
豪士坊仍然是那年的豪士坊
走進吳權街邊上的小門
走出同慶大道邊上的大門
昔日風情不變的是巷內髒亂
陽光還是無法進入
那年五百封寫與你信的那一個他
早於上世紀末隨風逝去
仍活在你懷的信函葉葉
能否見證死去活來戀情的
意涵全數？

（二）西貢

法蘭西畫家浪漫味道的Bonnard大道
早早就已讓位與越南民族英雄Le Loi
你們可不管殖民不殖民愛國或不的意涵
那時在中法學堂呼吸的只是少女少男情懷空氣
漾溢些些法蘭西些些中國些些越南的混融傳奇
那人哦那人詳記初中高中以及烽火紋身之後的種種心情
這冊《海盜日記》，他說，未來將呈獻與你
女主角的你痴等之下卻遭另一海盜劫去
本世紀初遠逝的那人之系列懺悔書函及日記
是否即他自始意欲傾訴向你的
心頭眞正情事與憾事？

（三）那年至今的意涵味道

豪士坊還是豪士坊

Bonnard還是Bonnard

消失的人消逝歲月消遁天空消亡朝政

存活的情書或日記能夠存活於

哪一處空間哪一段時間？

走在2009的堤岸西貢街道

可以咀嚼的孤單的你

仍只有不知是故鄉抑或他鄉

那眞正寂寞的意涵味道

自由副刊　2009.7.21

永恆異鄉之夜

此刻你我眼前的加賀屋或
他時在千里外的墨西哥
你總是你唯一的你
懷擁你前世註定的吉他
撩人愁思的歌聲顫動某種涵義

某種涵義已烙印於那一夜
那一夜是你我的異鄉之夜
永恆異鄉在各自的記憶裡
你離故鄉不止萬里
在不盡的漂泊途中
恰於那一夜遇見我
永遠存活於他鄉的那一個我

你的吉他斜臥你懷中

顫動著特有的某種涵義

一如你的眼神你的歌聲你的話語

在墨西哥或在加賀屋

某種涵義

已烙印於那一夜

永恆異鄉

永恆異鄉之夜

自由副刊　2010.11.7

在伊斯坦堡的歐岸與亞岸之間

在伊斯坦堡的歐岸與亞岸之間
存在著你我無法跨越的大海
乘船吧，你說，咱們且試試看
待我先從歐岸航向你亞岸那邊去

　　無奈海平浪靜是一張只有表面的魔鏡
　　鏡裡鏡下翻滾著不是海浪的距離
　　縱使在最先進的船上你正萬分努力
　　此洲與彼洲隔著的
　　是比大海更透的陌生和更深的空寂

航行或不航行毫不重要
難道你還未看見

在我的歐岸與你的亞岸之間

存在著你我均無力拉近的最遠程之心障

洲際距離乘以億倍的魔幻實虛

自由副刊　2010.8.17

總是那樣

我們故事的情節總是重複

相同的格調

相同的語言

相同的動作

相同的眼神

甚至連呼吸都不會有不同的節拍和次數

約　可是你、我都同意才定下的

然而爲何每次總是讓我等你

數著比任何懶人都慢的秒針懶懶移動

焦急至乾眼症的雙眼也不禁熱淚盈框

早已將整顆心全部呈獻與你的我

居然連心事都未及訴說一句

你已再次開始固定模式

開頭的一笑尚未燦爛

結束的一笑竟已收攤

而我的心事

總是那樣

創世紀153期　2007.12

或是換另一顆心

在巴黎飛往大馬士革的飛機上
是我和我已半受傷的心
是的　　明日午後
　　　　我將啓程
　　　　於日落前
　　　　尋找也許能醫療它的人

只是一顆已半受傷的心
要在大馬士革的哪一處
可以覓著它的醫生

或是如你所言
就在非露天的有頂大市場一角

賣去

或是　　或是

或是換另一顆心

乾坤詩刊54期　2010.4

永恆等待

你總是在等

等預約電話鈴響等那寒拙無情的機器聲音

冷冷地叫你按1按2按3按4

按你的病歷號按醫師的門診代表號

按看診日期號按結束號

額滿時你只能換按沒人要的醫師

或按兩週後的日期（幸運時也許還剩幾個號碼）

若你的病情尚可等待

或到急診室焦急等待接受特糟的待遇

縱使以依預約準時坐在門診醫師門前

你依然必須等待

等醫師卻等到實習學生不太靈光不太醒目

不太俐落結結巴巴的問話和測量

等「現在看診號碼」燈亮

等「下一位看診號碼」燈亮

等著進入診間後那兩分鐘的旁觀坐待

等前一位病人正等待醫師問話

等醫師問你半分鐘的「病」話

回到門外再苦等三十分鐘

護士小姐再拿給你的繳錢單

和或有或無的處方藥方和你的健保卡

收費櫃檯前排長龍等著付錢

領藥櫃檯等待號碼燈亮領藥或垃圾

你還是在等待　等病稍好或等病轉壞

等出去走走或等癱在床上

等拐杖等輪椅等成植物人

等快速逝去或等悽慘掙扎

等親友送終或孤單離世

等腐爛等海葬等土埋等火化等虛無

若你還願等

那就等若有似無的來生

等你無法看見的明日太陽

等後天的雨未來的風

以及

可能再次重複的

永恆等待

創世紀155期　2008.6

在你我如此遙遠的距離之間

到底是自哪時開始
我們之間竟從近距走向遠距
望遠鏡和電腦和網路和臉書
再努力對焦所有工具只能對出模糊

也許朦朧正是你的主要美學論點
在世間一切都不需要清晰
明朗之下所有眞相都猙獰不堪
何必互相看透彼此的眞實面目

我只想問這麼一句
在你我如此遙遠的距離之間

還有什麼是可以存在的

本質基礎？

《創世紀》第163期，2010年6月夏季號，頁181

濃意

那年夏末微涼的黃昏詩意柔光下
細細行踏在早落的樹葉上
典雅庭院內我心那樣靦腆
初遇獨特的你在那獨特宮殿裡

而今盛夏熾熱的正午陽光照耀下
無憂翺翔在無雲的藍空上
晴朗碧綠環圍中尋至的你
爲何爲我送來沁透心脾的深秋濃意

創世紀164期　2010.9

只是爲了能再看你

只是爲了能再看你

欣賞你凝睇我時的深眸

嗅聞你環擁我身的體味

聆聽你低訴蜜語的柔聲

那種語言

只存在於你我之間

你的法語

閃爍阿美尼亞加上阿拉伯

　　和義大利的文化色彩

我的法語

盈溢中國以及越南

　　和西班牙情調的薰陶滋潤

纏綿著多少種與眾不同的動人風情

自然無需勞動任何人理解探原

然而要看到你

需走的路是如此難解的艱巨

遠離亞洲小島至地球的另一端

細察花都的錯綜萬花筒

尋取紛亂中可用的通行證

精選一雙恰好飛翼

將我送至你原始的所在地

你的所在地卻依然是

一個不雨的世界

我心深處狂湧多少情淚

珍珠也似地向它傾灑

企圖重新尋回那年

你曾以至美的青春

照映我最亮的歲月

我一定會

　一定會踏平這彎曲的崎嶇長路

只是爲了能再看你

輯四

也只不過

開羅茉莉花底開落

茉莉花曾於2011年春天　Laïla
長在開羅你的絕美家鄉
含苞的花蕾彷彿含羞待放
願在柔和陽光下飄散雋永的清香
我們期待　期待清純潔白的花瓣
悅目悅耳悅心地依序綻放

然而花的綻放爲何如此艱難不易
日子流逝裡它早已憔悴欲立無力
請告訴我　　Laïla　請告訴我
在此冬季的容顏茉莉的容顏到底如何
開羅你的絕美家鄉茉莉飽受摧殘

一如幾位絕美女子慘遭街頭暴力凌虐

無人關心茉莉色變及其在開羅底開落

——於巴黎，2011－2012

《台灣詩學‧吹鼓吹論壇》第14號，2012年3月，頁52

在荷姆斯（HOMS）曬著的綻放

（2001那年夏天）

我們曾在荷姆斯附近河邊

大大圓圓的水磨旁　河水輕輕地流

騎在駱駝身上的你　小嘴快樂地唱

哪裡來的駱駝客呀沙里洪巴嘿嘿嘿

隨著節奏　一步一搖　駱駝起勁晃著笑著

高興地以大嘴親你小腿

八月熱情的陽光曬著　曬著荷姆斯人

曬著許多遊客的樂趣和希望

（2011這年春天）

三月開始　荷姆斯的許多道路上

曬著小老百姓熱切的盼望　他們期待

期待2011年春天的茉莉花

可以從突尼西亞從開羅從另外一處開過來　開過來

在荷姆斯他們的家鄉清新淡雅綻放

（2012今年不春不夏）

辛苦耕耘多少個月之後

綻放的是一朵又一朵癡狂的砲彈花

荷姆斯人扛著一具又一具綻死的親人

二萬五千人塞滿宇宙的傷痛悲憤怒吼

隨著無法停灑的眼淚淹沒河裡的水磨

孤獨的駱駝呆呆尋視已看不見的水磨

無法明白無法猜測無法詢問

爲何　爲何整個荷姆斯

正以陣陣陌生的巨響

伴著濃密烏煙暗雲

在沒有太陽的天空下

曬著綻放滿城色彩詭譎的古怪死亡

——於巴黎，2012年2月

吹鼓吹詩論壇14號2012.3　2012.5.27再修

大馬士革玫瑰的原有姿色

我們曾將那朵玫瑰以它的原有姿色
在大馬士革別具特色的美麗SOUK
　　　　　　　　　　美麗清眞寺
　　　　　　　　　　美麗博物館
費盡心思心力栽種　期待十年一次的採擷

只是十年一次的採擷在2011年的春夏秋冬
與茉莉花繁複的糾葛之後
玫瑰的原有姿色是否已進展至
模糊不清的
特有姿色？

——於巴黎，2012年2月

《台灣詩學・吹鼓吹論壇》第14號，2012年3月，頁54

叫不出名字的ALEP

我們在ALEP古城堡特意留下2001年
　　活潑的身影和年輕的笑聲
原以爲2011年可以撿拾那時的瀟灑

誰知一切都已非當日模樣
2011年春天在別處長成或長不成的茉莉花
於ALEP早已化爲叫不出名字的
特種神色

——於巴黎，2012年2月

《台灣詩學・吹鼓吹論壇》第14號，2012年3月，頁54

也只不過

比韓戰更英勇更現代

比越戰更先進更完美

比未來三次世界大戰更洞察世變更洞燭機先

也只不過才輾碎一個安定社會

也只不過才摧毀一個古老文明

也只不過才蹂躪一個美索布達平原的原始靈魂

也只不過才逾十萬伊拉克平民命喪烽煙

也只不過才兩百萬伊拉克百姓在伊拉克境內流離失所

也只不過才兩百萬伊拉克國民在伊拉克境外漂成難民

也只不過才魂斷四千美軍而已

也只不過才受傷四萬美軍而已

也只不過才耗費六千億美元而已

也只不過是堂皇的藉口點燃荒謬的戰火

也只不過是堂皇的戰火紋甃荒謬的他人身軀

也只不過是堂皇的他人身軀疊豎荒謬的五載勝利

海珊獨夫可是已徹底乾淨消失

富強的伊拉克可是正在明日的興建中

幸福的巴格達上空可是閃爍永恆亮麗的彩虹

自由副刊　2008.8.20

曾經鐵證如山

（一）

當時他是美國國防部長

當時詹森叫做美國總統

他怒吼狂叫，信誓旦旦：

千里外的北越巡邏艇

已於一九六四年八月攻擊美軍戰艦

在東京灣　鐵證如山

（二）

不過　事實上　攻擊事件從未發生

然而　實際上　轟炸北越已經開始

一九六五正式爆發：美軍介入越戰

全球最熱新聞　鐵證如山

美國小伙子出現在整個越南土地上

戰場　戰地　戰火　戰俘　無論北南

陣亡　殘廢　燒傷　悲痛　顫悸一生

近六萬美國人戰死越南

上千萬越南人因戰死亡

（三）

戰爭殘酷嗎？對他不是

戰爭醜陋嗎？對他不是

他臨鏡自照　英雄氣概萬丈

他虛張聲勢　等待殘局收場

（四）

六○年代的美國國防部長／大國
高坐吉普車上　威風凜凜／在上
鄙視小高中生的你們／小國
正列隊歡呼匍匐不敢正視／在下
一九七三年　他們完全光榮撤退
一九七五年　你們完全淒慘淪亡

鐵證如山

——於2009.7.8

創世紀160期　2009.9

羈旅

這裡沒有江
如何涉水？怎麼歸去？
聽風雨在江面噢咻
楊柳佇立岸邊
擄摝整夜濃濃寒意

肩起兩肩飄泊的命數
我是一個不被注意的羈旅
天天將孤寂給都會的喧囂襯托
問千億遍胡適胡從
圓靈圓寂　答不出
噢！再也答不出任何一個
凡人的詢詰

——寫於1966年，越南西貢

台灣詩學季刊31期　2000.6

夕暮裡

夕暮裡有人在荒謐的教堂角落懺罪
諸神默然
上帝亦默然
蒼白的僵硬的無血的臉龐
沒有絲毫接納或拒絕懺語的表示

怎不向尼采祈求一些心靈的寧靜
當上帝已經被判死刑
那喪禮誰人曾往祭悼
以一腦思維　數滴清淚
泣肩起自已的命數
上帝遂被安葬
連同最後的保佑

所以以後上帝只會默默

擁滿棺凡人的禱語瞑目墓中

夕暮裏一切黯淡　一切黯淡

教堂內許多幽靈鬱鬱彳亍

懺罪者的懺語是夢囈　含糊不清

在墓中　上帝不曾目擊　不曾聆聽

　　　　只會默默　只會默默

——寫於越南西貢，1966年

台灣詩學季刊31期　2000.6

渣滓

再也憶不起

第一個春季是哪一個春季

自遙處　心湖飄來一葉夢舟

喚醒酣睡的圈圈漣漪

綠綠的　綠了一湖清水

漣漪旋旋

旋舞滿眸春天

告訴舟去

就在湖上盤桓整一季

舟響往荊軻的故事

蕭風聲裏　不聽湖泣勸

執意效仿荊軻刺秦皇

滿湖死水

是夢舟悲壯殘碎後所剩下的

再沒有漣漪能旋得出第二個春季

——寫於1966越南堤岸

台灣詩學季刊31期　2000.6

我們的太子港沒有太子
——海地地震後

我們的太子港沒有太子
我們沒有水喝沒有東西吃
沒有床睡沒有衣衫披

我們的總統沒有總統府
我們的部長沒有部長部
醫生沒有大醫院
犯人沒有小監獄

我們是孤兒但沒有孤兒院
沒有父母沒有領養人
我們臉上的皮膚爛在泥巴堆
大地臉上的皮膚癱在瓦礫裡

我們的死人一個又一個
一個又一個腐臭陽光底
我們的活人一個又一個
一個又一個餓死飢渴裡

我們的明天不知道會有什麼
但可以確定的是
我們的太子港沒有太子

自由副刊　2010.3.2

我的名字叫Leila

聖誕早已過了

他們還在放「煙火」

亮亮的星星不斷飄下來

濃濃的黑煙不斷升上去

突然一切都黑了都靜了

連同那一直讓我耳聾的聲音

大家在跑在喊在叫

爸爸不知什麼時候睡著了

弟弟Omar不哭了

媽媽喊他幾聲

再喊我幾聲

頭一歪，停住了

我的臉上溼溼的
我的右腳短短的
一個大人抱著我
護士阿姨替我清洗
醫生叔叔替我打針
叫我乖乖睡覺
爸媽才會再來抱我

請記得跟他們說哦
我的名字叫Leila
我在加薩長大

我今年六歲

我會乖乖等他們

我是乖女兒

我等他們抱我

我不害怕

吹鼓吹詩論壇8號　2009.3

追尋從未存在的童年

你看到的我是從無到有的焰火綻放
閃爍瑰麗至今仍令你目眩神迷
你認得的我是燦爛極致的文化符號
自上一世紀已如水銀瀉地傳遍全球

然而「月球漫步」絕頂舞技是無重狀態下的無奈拖拉
上億張「戰慄」精歌湛舞是極端戰慄的瞬間迸發
三四二萬坪的「夢幻莊園」是個永遠夢幻的莊園
爲的是追尋我那不曾存在過的童年
在我的「成人」與我的「孩童」之間作永恆的搏鬥糾纏

童年於我只是受盡虐待的心酸億萬
自卑　脆弱　傷痛　壓力已完美形塑我的過度敏感

長期一次次不斷修整容顏企圖模糊性別
將天賦的黑盡量漂白成另一族群的高貴尊嚴

飄逸長髮下其實是毛髮無存的光亮頭皮
鼻右側早已塌陷　　鼻樑骨實已消失
脂粉掩蓋的不是我本來面目的整形手術疤痕
叱吒風雲的背後是一個無法站穩的藥罐
倒下時胃中別無他物只有已半融化的藥物八種
178公分身高的我體重51公斤
形同骷髏是你對我的最後認識印象

高駿白馬兩匹緩拉的白色馬車一輛
魂歸夢幻莊園後夢幻仍然永恆

我身體半邊特燙另半邊卻又特冷

即使心臟驟停那失眠依舊長存

而我終生追尋的童年從未顯現過半絲跡痕

吹鼓吹詩論壇9號　2009.9

穿越世紀

——聆聽貓王

一個世紀前的某日
它在曾叫小巴黎的Saigon贊頌我的珍珠年華
一首情歌唱亮我的水晶雙眸
一首情歌挑動我的浪漫情懷

他在Normandie一個叫做Tremauville的村落
在Elizabeth典型諾曼第的屋內
撫慰我飄泊流浪的半生疲憊

半個世紀後的今日
他在我不知是否要駐留的淡水
眾人吃喝喧鬧的轟轟裡
揪出唯我才孤寂的已裂之心

笠詩刊239期　2004.2

造句教學法

馬上好

馬上漸漸好

馬上漸漸就快好

馬上漸漸就快可以好

馬上漸漸就快可以肯定好

馬上漸漸就快可以肯定確實好

馬上漸漸就快可以肯定確實好

漸漸就快可以肯定確實好

就快可以肯定確實好

可以肯定確實好

肯定確實好

確實好

吹鼓吹詩論壇七號　2008.9

等待熱帶氣旋

咱們可不是被嚇大的

納莉只不過將整個盆地化爲特大浴缸

　　　　　　好讓台北浸泡最爽的一次全身澡

卡崔娜淹漫紐奧良

　　　　　　咱們才能聽到特別浪漫的水中爵士

納吉斯雖使緬甸百萬人流離失所

　　　　　　孩童男女老少病痛死亡個個無助

但風神也只令菲律賓渡輪翻身

　　　　　　失蹤區區八百多人罷了

咱們已做好各種準備

無論熱帶氣旋是颱風還是颶風

只要它敢來　　咱們的追風計畫

肯定可以趁勢而起

直接深入它的能力中心

看它還能使出何種絕技

　　　能上演哪類未曾排練的戲碼

　　　或是咱們未見識過的偉大場景

例如　　對　　例如

卡玫基那小小輕颱裙腳飄旋

竟優雅地將中部以南半個台灣

醞出比威尼斯更完整的水都風情

《創世紀詩雜誌》第156期，2008年9月，頁130

輯五

月亮請咬

舞透春日江山
——記屏東春日鄉江山谷蝶舞

啊！情人！請飛到這兒來
等你的我一如每年寒冬
痴守在這片美好江山
你我相聚的夢幻幽谷

在此北迴歸線以南的度冬天堂
海拔五百公尺以下　朝南的谷口
滿眼原始森林　林相完整　有乾溪溝
歷久彌新每年重溫一次我們的浪漫邂逅

你名叫斯氏　你名叫圓翅　你叫小紋
你是紫斑蝶吧？你是青斑蝶
都是我心頭的情人心底的精靈

請飛來　翩翩起舞　咱們

當陽光暖暖穿過樹葉間隙撒向我們

你藍紫色的光立即以魔力照射我

化成魔幻氛圍郁滿你我的越冬幽谷

就在這祕境幽深你我世世相守

讓酷冬永在谷外

讓塵埃在冬之外

自由副刊　2011.5.11

我的夏天

我的夏天不是只有太陽
不是只有熱
不是只有不耐

我的夏天在Alkmaar的乳酪市場
除了沸騰的人聲
俊帥的表演美男
還有攝氏十度的氣溫
在荷德邊境的Kleve
十三度的溫暖環抱著我
滿眼的翠綠每戶的花窗

我的夏天在美美的維也納

跳起最愛的華爾滋

漫步在靜靜的河邊

歡唱藍色多瑙河的記憶

我的夏天在嬌嬌的巴黎

每條馬路都是我前世的足跡

它彎向歌劇院它彎向凱旋門

它遊蕩塞納河邊

它飛奔上鐵塔頂

我的夏天在敘利亞那個叫做

阿列普的城市

他灼熱的雙眸

比攝氏五十度的氣溫更暖

在芠迷爾無垠的沙漠上

有他和我並排的腳印

有他環抱我擠在駱駝峰頂的馳騁

在大馬士革最大的清眞寺內

是他和我爲來世的祈禱

如何排除種族撤走距離

只做和我長相廝守的可能

註：芠迷爾即Palmyre沙漠

台灣詩學學刊一號　2003.5

月亮請咬

咬去翻滾天地之間的龍捲風
將其過動的毛病設法減至最低
咬去暖化地球摧毀大自然的種種危物
勿再殘害植物消融冰山淹沒村落

咬去人世間眾多不公不義不忠不孝不仁不愛
讓遠離了的人性正義親情愛情重回心中
咬去揮霍浪費只有表面偏又浮淺
該去救濟貧弱人民煙火再見

咬去紋我全身焚傷全球的年年戰火
將其可傳染的可燃性徹底吞滅

咬去糾纏近半世紀的不眠之神

讓久違的夢願意再回到我夜裡的睡魂

咬去沉潛我心底大半輩子又不時翻騰的痛

叫它從此就留在我不能回轉的永恆過去

咬去最不詩意最不夢幻最不浪漫的元素

喚回目前我們最需要的動人彩舞

自由副刊　2011.9.7

鎖麟囊

你在2008年1月13日眼前舞台上的

鎖麟囊

看到上一世紀1969年至1975年無數的

鎖麟囊

正在你心底舞台上顫聲唱將起來

你不知道自己到底姓薛還是姓趙

是否曾經擁有過眞正的

鎖麟囊

或只是被施捨

你記不得某國某州某縣某城某鄉

是否遭洪水淹過或

烽火焚過

你從何處來將往何處去

此地要暫留抑或想永駐

你眞的已完全忘記眞正的

你到底是哪一個你

此刻你記住的唯有

1969年至1975年經常在

國軍文藝活動中心

將整顆心獻在舞台上的

鎖麟囊（以及其他）

1975年以後的一切只是鏡緣鏡像鏡影

甚至今日你眼前正華麗演出的劇情

也只會化成某年某月某日某時

若有似無的記憶回憶

若眞似假的在你腦裏心內

舞台上舞台下現實與戲劇

全融成一齣分不清多少場次

不清不楚不明不白的

鎖麟囊

吹鼓吹詩論壇六號　2008.3

四郎探母

在絕美唱腔唱詞唱姿唱態的迷惑下

他終於能夠輕易過關探母

在十五年的駙馬爺生活之後

十五年是遠是近是長是短

　　　是難是易是哀是歡

　　　是升是沉是走是站

　　　是笑是淚是歌是挽

你是問他還是問你自己

問上天問神靈問煙雲

沒有回答沒有資訊沒有聲音

琴鼓再度響起

你只模糊看到無數個他終於

又再輕易過關

又再輕易回到他的駙馬爺現實

繼續迷惑一直無法過關的你

你的十五年正以許多倍數相乘

永恆撻伐蹂躪煎熬

你的眼你的心你的腦

永恆

吹鼓吹詩論壇六號　2008.3

當長春已經不在

幾十年的時光也只不過
滑潤纖細輕盧
一若嫩絲
開頭的那一端
嬌亮光澤彷彿初春
一切都正在萌芽綻放
色彩繽紛競相鬥豔
直教人欲將世間璀璨　日日看遍
遂以為春天可長　長如心願

誰知縱使嫩若麗絲亦禁不起歲月清洗
初春最終也似萬物走向盡頭
亮麗回歸歷史

你只有在記憶和半睡不醒的愁夢當中

暗自輕扣

註：寫於長春戲院最後一日（2010年2月28日）最後一場之人生如戲戲如人生。

自由副刊　2010.5.12

巴別不巴別

你可以喊我YANG

你可以喊我YOUNG

你可以喊我YEUNG

你可以喊我DUONG

你可以喊我

　　　如你所願

巴別不巴別

Babel或不Babel

我是我

我只是我

我永遠是我

我是楊

吹鼓吹詩論壇四號　2007.3

無意象的空間

之一：無有空間的所謂空間

你的空間說大不大說小不小
　　　　說有實無說無偏有
　　　　說虛無嗎眞正存在
　　　　說存在吧其實虛無

你一直就在尋找這種又是又否的所謂空間
　　　　　企圖建構可以環擁你的懷抱
　　　　　卻未曾注意到在無意象的哲學裡
　　　　　家無家鄉無鄉國無國界無界

　　　　　空間也就只剩無有空間的所謂空間

《吹鼓吹詩論壇13．「無意象詩．派」》，

2011年9月，頁52

無意象的空間

之二：特別詩意的等等空間

叫你等等他們安排的時間與空間

叫你等等他們叫做門診的排排坐／坐上

叫你等等那個號碼紅燈又叫又跳

　　叫你等等進那扇奇特的門後坐在邊上再等

　　叫你等等前面一個或兩個病人結束他們的門診

　　叫你等等這個自以爲高人五等一流大師的所謂醫生

叫你等等「大師」施捨兩秒鐘問你三個字「什麼病」

叫你等等滾回門外排排坐繼續剛才已三個半小時的等待

叫你等等護士小姐纖纖玉指緩緩輕敲大師手寫字母

叫你等等她終於打完那三小行字

叫你等等她終於願意出來喊你名字

叫你等等她以高人三等身份吩咐你東你西

叫你等等去拿一張排隊號碼單

叫你等等排在五十五個人的後面付錢

叫你等等排排坐在領藥窗口前

叫你等等數字跳閃五十五次之後才是你的數字

叫你等等領藥時的令人怕怕的嘴臉

叫你等等不必吃藥你已從小病等到大病

無病等到有病

叫你等等就是等這特別詩意詩意特別的

無意象之等等空間

《吹鼓吹詩論壇13・「無意象詩・派」》，

2011年9月，頁52-53

無聲符號

你給我的是

一個信箱地址

只有你具備自排密碼

隨意開啓翻閱

然而　即使

我親自手寫

你又如何讀到我的筆跡

以及我寫信時

狂跳的心？

不都只是機器的字

可以出現在任何電腦中

收到你的電子郵件時

如何才能呼吸你的呼吸

嗅聞你的特有味道

聽見你沉沉的聲音

心臟的跳動　以及

接觸你

令我深墜的

眼神？

台灣詩學季刊24期　1998.9

宛如戰地

因爲對過去歲月染上懷鄉絕症
他們便設法要活在戰地的氛圍中

他們讓各型的飛機從地面升起
在空中開出姿態各異的巨大黑花
玫瑰一樣的生命來不及美麗
已一瓣瓣在不該凋零的時候
焚成一堆刺傷人眼和心的黑炭

住宅區或非
市街裡或不是
他們隨時布置成戰場
槍聲響起
倒地的都是我們的子弟

敵人繼續優游行走
在這個社區那個社區之間

爲了改善我們住的環境
他們下定決心
將我們的都市變成威尼斯
讓隱藏各地的垃圾英雄
漂浮水上走唱獻藝
取代落伍的唱情歌的Gondola船夫

不論醒時或在夢中
高貴的華宅可以隨興坍頹
至愛的親人在頃刻間活埋地底
留下的只有震破耳膜的哀號

或是突然之間

我們住的已不能再醜的地方

比大砲更驚人的轟隆巨響

烽煙未燃　大火仍活活

吞去我們一家大小

吐回的不是焦黑難辨的屍身

便是一生無法熨平的重度灼傷

許多雙我們看不見的眼睛暗中

窺視之後的瞄準

我們的女人和子女

一個孩子上學去

一位婦女上車去

跌入死接受地獄那樣的凌虐

屈辱只是一個過弱的詞

甚至為了薄海歡騰的國慶
慶祝的焰火也能叫人
立即斷腸

如何縫補我們生命中的道道傷痕？
在宛如戰地的我們的土地上
他們每人做臉　變臉
學習鸚鵡精神
遺憾　檢討　請辭
待命　下台　或最後
不
下
台

台灣詩學季刊20期　1997.9

你

這語那語

此鄉彼鄉

漂泊是你宿命

孤單是你真形

多少歲月尋覓

母語和家鄉

依然在不知處

乾坤詩刊50期

散

其實

在阿根廷的布宜諾艾利斯

法國的巴黎或蔚藍海岸

在倫敦在紐約

或任何一個國家任何一個

角落

離鄉的你

也只不過是一根小草

一抓握不住的空氣

隨處長著　活著　滅著

流動著　被吸去　被吐出

然後　徹底

消散

——「春光乍洩」觀後

台灣詩學季刊20期　1997.9

口蹄疫

他們忙著在缺了蹄

　　　　裂嘴傻笑的豬隻

　　　　貼上CAS

在雞瘟溫存後的雞頭

　　　　貼上CAS

在一件接一件血流的懸案

　　　　貼上CAS

在其樂融融的小白球和綠茵

及其球桿貼上CAS

在光禿如他們發亮頭頂的山坡

　　　　貼上CAS

在每雨必災的我們的土地

　　　　貼上CAS

唯獨忘卻

在他們虛腫艷抹的臉面

　　和聒噪愛啼的大嘴

　　　　貼上CAS

台灣詩學季刊19期　1997.6

一九九七·各就各位

豬群　　互傳口蹄疫

疫豬　　集體死亡

雞隻　　享受雞瘟效應

大官　　排排坐食果果

百姓　　觀賞鼠輩橫竄

兒童　　恐懼

母親　　歉疚

台北　　修憲

香港　　回歸

台灣詩學季刊19期　1997.6

短詩五首

做臉

他們說

上帝實在無能

只造一張臉

如何夠瞧

於是他們天天做臉

在美顏中心

在各種場景

在棺材中

在墓碑上

台灣詩學季刊18期　1997.3

春藥

情人走入曩昔

像春藥走過時效

只能作廢

台灣詩學季刊18期　1997.3

偏愛

核桃偏愛無齒之徒

何嘗願給少年些許顏色

一如鑽石

偏愛有齡老婦

唯有縐紋

方能切割

美鑽的萬種稜面

面面俱到

台灣詩學季刊18期　1997.3

歲末買花

不

我豈在乎春節

耀眼的數日風情

我要的是

元宵燈節以後

持續不減的

光華

台灣詩學季刊18期　1997.3

一個人在Joyce

靜享獨處

遺忘一座失憶的塵埃城市

及其獸類的叫囂

輕撫彷彿南歐的風

翻飛

逝去時光的支支

白旗

台灣詩學季刊18期　1997.3

人體詩五首

手

總是抓　不斷
　　往
　上
抓
最終　連空氣也
抓
　不
　　住

呼吸
　　宣告
　　　停
　　　止

台灣詩學季刊19期　1997.6

足

攀爬

　　他人的頭顱

　　排列起來的梯

達雲霄

台灣詩學季刊19期　1997.6

鼻

他們的鼻孔

功能異常

總先聞到朽腐

權力大的那一邊

台灣詩學季刊19期　1997.6

眼

期待整一輩子

那關愛的眼
如何卻瞄落
鄰家

台灣詩學季刊19期　1997.6

心

口與心有仇

說出來的
永遠不是
心想要的

台灣詩學季刊19期　1997.6

閱讀大詩19　PG0851

故事故事

作　　者	尹　玲
封面/內頁攝影	尹　玲
責任編輯	王奕文
圖文排版	張慧雯
封面設計	陳佩蓉

出版策劃	釀出版
製作發行	秀威資訊科技股份有限公司 114 台北市內湖區瑞光路76巷65號1樓 電話：+886-2-2796-3638　傳真：+886-2-2796-1377 服務信箱：service@showwe.com.tw http://www.showwe.com.tw
郵政劃撥	19563868　戶名：秀威資訊科技股份有限公司
展售門市	國家書店【松江門市】 104 台北市中山區松江路209號1樓 電話：+886-2-2518-0207　傳真：+886-2-2518-0778
網路訂購	秀威網路書店：http://www.bodbooks.com.tw 國家網路書店：http://www.govbooks.com.tw
法律顧問	毛國樑　律師
總 經 銷	聯合發行股份有限公司 231新北市新店區寶橋路235巷6弄6號4F 電話：+886-2-2917-8022　傳真：+886-2-2915-6275

出版日期	2012年12月　BOD一版
定　　價	320元

Printed in Taiwan

國家圖書館出版品預行編目

故事故事 / 尹玲著. -- 初版. -- 臺北市 : 釀出版,
2012.12
面； 公分
ISBN 978-986-5976-91-0 (平裝)

851.486 101023352

讀者回函卡

感謝您購買本書，為提升服務品質，請填妥以下資料，將讀者回函卡直接寄回或傳真本公司，收到您的寶貴意見後，我們會收藏記錄及檢討，謝謝！
如您需要了解本公司最新出版書目、購書優惠或企劃活動，歡迎您上網查詢或下載相關資料：http:// www.showwe.com.tw

您購買的書名：________________________________

出生日期：________年________月________日

學歷：□高中（含）以下　□大專　□研究所（含）以上

職業：□製造業　□金融業　□資訊業　□軍警　□傳播業　□自由業
　　　□服務業　□公務員　□教職　□學生　□家管　□其它_____

購書地點：□網路書店　□實體書店　□書展　□郵購　□贈閱　□其他

您從何得知本書的消息？
□網路書店　□實體書店　□網路搜尋　□電子報　□書訊　□雜誌
□傳播媒體　□親友推薦　□網站推薦　□部落格　□其他__________

您對本書的評價：（請填代號　1.非常滿意　2.滿意　3.尚可　4.再改進）
封面設計____　版面編排____　內容____　文／譯筆____　價格____

讀完書後您覺得：
□很有收穫　□有收穫　□收穫不多　□沒收穫

對我們的建議：________________________________

____

____

____

請貼
郵票

11466
台北市內湖區瑞光路 76 巷 65 號 1 樓
秀威資訊科技股份有限公司 收
BOD 數位出版事業部

....

（請沿線對折寄回，謝謝！）

姓　　名：＿＿＿＿＿＿＿＿　年齡：＿＿＿＿　性別：□女　□男

郵遞區號：□□□□□

地　　址：＿＿＿＿＿＿＿＿＿＿＿＿＿＿＿＿

聯絡電話：（日）＿＿＿＿＿＿＿＿（夜）＿＿＿＿＿＿＿＿

E-mail：＿＿＿＿＿＿＿＿＿＿＿＿＿＿＿＿